Anni Reinhardt
Martina, mein Engel, flieg

Anni Reinhardt

Martina, mein Engel, flieg

Stilistisch-künstlerisches Lektorat
Angela Hoffmann
www.Angela-Hoffmann.com

Juristische Beratung
Rechtsanwalt Meinrad Mayer,
Frankfurt a. Main

Layout, Satz und Buchumschlag:
DigiBuchService, Hannover
www.digibuchservice.de

Herstellung und Verlag:
BoD - Books on Demand, Norderstedt
ISBN 978-3-7583-7095-3

Das Schuljahr 1991 nähert sich seinem Ende. Der Schulbus sammelt nochmals an diesem letzten Junitag die Schüler ein. Eine aufgeweckte Schar Jungen und Mädchen steigen in den wartenden Bus ein. Unter ihnen ist auch Martina mit ihrem kleinen Bruder. Die beiden haben Glück, der Bus hält fast vor ihrer Tür. Es sind nur 2 Kilometer bis zu ihrer Schule in Kumrovec, dass im einstigen Jugoslawien ein sehr bekannter Ort ist. Es ist der Geburtsort des Präsidenten Josip Broz Tito, der nach der Gründung des neuen Staates Jugoslawien 1945 dort Präsident wurde und bis zu seinem Tod 1980 mit strenger Hand regierte. Sein Vater war Kroate, die Mutter Slowenin. Sein Geburtshaus ist schon seit Jahren ein Museum und ein Ausflugsziel vieler Schulklassen des ganzen Landes.

Die Kinder freuen sich auf ihre Ferien und heute am letzten Tag werden sie auch Zeugnisse bekommen. Martina gehört zu den besten Schülern. Heute ist ihr letzter

Tag an dieser Schule. Schon in den nächsten Tagen wird sie zur Aufnahmeprüfung in die slowenische Kreisstadt Celje eingeladen. Sie will Krankenschwester werden, so wie ihre Tante in Deutschland. Der Abschied von ihrer besten Schulfreundin fällt ihr schwer. Beide weinen und umarmen sich. Sei nicht traurig, wir bleiben in Verbindung. Von dem, das kommen wird, ahnen sie nichts.

Einige Tage danach fährt Martina mit ihrem Opa, der in der Nähe des Grenzflusses Sotla wohnt, nach Celje. Das Mädchen beherrscht die kroatische, die slowenische und die englische Sprache. Sie ist dreisprachig aufgewachsen. Die Prüfung in slowenischer Sprache absolviert sie mit Bravour und wird für Herbst für das neue Schuljahr der Krankenpflege eingetragen. Überglücklich fällt sie ihrem Opa in die Arme. Ich habe bestanden, ruft sie laut und freut sich. Ihr braunes halblanges Haar glänzt in der Sonne und verdeckt ein wenig ihre traurigen Augen. Opa ist stolz auf seine hübsche Enkelin und freut sich mit ihr. Auf ihren Wunsch hin gönnen sich die beiden eine Portion Eis und Martina bekommt noch eine Cremeschnitte dazu, ihr Lieblingsgebäck.

Jetzt erst beginnen für sie die Ferien. Sie hilft ihrer Mutter im Haushalt, füttert die Schweine, Hühner, Katzen und ihren Hund, den sie über alles liebt. An heißen Tagen geht sie mit ihrem Bruder in dem Fluss schwimmen. Abends besucht sie ihre Großeltern drüben in Slowenien, über dem Fluss Sotla, den sie über die enge Brücke überquert. Alle habe sie gern, das Mädchen mit den traurigen Augen.

Jetzt hat sie nur noch einen Wunsch. Sie möchte einmal die Ferien bei ihrer Tante in Oberschwaben verbringen. Es ist ihr stiller Wunsch, verborgen in ihrem jungen Herzen. Die Tante hat den Besuch bereits angekündigt. Martinas liebevolles Herz hüpft vor Freude. Sie kann es kaum erwarten.

Die Tante und ihr Mann brauchen erst mal einige Tage Erholung. Beide sind in ihrem

Berufsalltag sehr gefordert und freuen sich nun auf einige schöne Tage auf der Halbinsel Istrien. In einem Hotel der Stadt Porec haben sie ihr Zimmer für eine Woche reservieren lassen. Einmal an nichts denken, ausruhen, die Natur erleben und das Meer genießen. Die Kinder, Sohn und Tochter, sind längst aus dem Haus und gehen eigene Wege. Jetzt können sie einmal an sich denken. Von ihrem Fenster aus sehen sie das Meer. Sie genießen das reichhaltige Frühstück. Die beiden freuen sich über die köstlichen Früchte dieses Landes. Nach einer kurzen Pause packen sie die Badesachen und gehen zum Badestrand. Jetzt, am zeitigen Vormittag ist es noch kein Problem, einen schönen Liegeplatz zu finden. Auf dem kurzen Weg zum Strand bieten Einheimische ihre Produkte zu günstigen Preisen an. Vor allem Wassermelonen und Trauben. Pero, so nennt Martina ihren Onkel, greift gerne zu. Endlich erreichen sie das Meer und können nur noch staunen. Auf den großen Steinen nehmen sie Platz und betrachten die unendliche Weite des Meeres. Einige Badegäste schwimmen bereits und in der Ferne ist ein Schiff zu sehen. Jetzt, sagt Pero, gehen wir auch ins Wasser. Sie sind beide keine guten Schwimmer, deshalb bleiben sie in der Nähe des Strandes. Die Sonne heizt schon mächtig auf und am Himmel ist kein Wölkchen. Sie cremen sich gegenseitig ein und gehen wieder Schwimmen. Die frische salzige Luft und das Wasser lassen den anstrengenden Berufsalltag ein wenig vergessen. Anne schmiegt sich eng an ihren Mann und er hält sie mit seiner starken Hand fest. Ihr Alltag ist anstrengend, sie haben wenig Zeit für einander. Sie genießen die Ferien. Keiner weiß, was der neue Tag bringen wird. Die Frage, wie es den Kindern geht, ist immer präsent. Nun wird es noch heißer und sie suchen wieder ihre Unterkunft auf.

Im Hotel angekommen sind sie über das Durcheinander entsetzt. Die einen weinen, die anderen schreien. Was ist geschehen, fragt Anne in ihrer Muttersprache. Es heißt, Serben haben Vukovar bombardiert. Seit Mai 1991 hat es dort Auseinandersetzungen gegeben. Der Krieg ist ausgebrochen.

Die beiden packen ihre Sachen und verabschieden sich.

Sie fahren durch die wunderschöne Natur in Richtung der Hauptstadt Ljubljana. Es ist sehr heiß. Auf den Feldern ist die Fruchternte in vollem Gang. Der Mähdrescher bewegt sich langsam vorwärts und eine Staubwolke schwebt hinter der Maschine. Das ist ein Zeichen dafür, dass die Frucht reif ist. In der hügeligen Landschaft trotzen Weinreben der glühenden Sonne. Bald erreichen sie das Gestüt Lipizza, die Heimat der Lipizzaner Pferde. Schon die Habsburger haben hier ihre Pferde für die Wiener Hof- Reitschule gezüchtet. Weiße Stuten grasen auf der Koppe umgeben von ihren dunkelbraunen Fohlen. Diese toben wie kleine Kinder umher. Erst mit sieben Jahren bekommen sie ihre weiße Farbe.

Kaum zu glauben, jedes Fohlen findet sofort seine Mutter und trinkt. Sie können nur staunen, wie liebevoll die Tiere hier miteinander umgehen. Es hilft alles nichts, sie müssen weiter in Richtung Ljubljana. Auf Deutsch Laibach oder auch klein Salzburg genannt. Ljubljana aber bedeutet die Geliebte. Eine kleine Metropole mit nur 250000 Einwohnern und vielen barocken Bauten. Ein mächtiger Drache ist das Zeichen der Stadt, über der sich eine mächtige Burg, auf der bereits Römer stationierten und im letzten Krieg auch Partisanen lebten, erhebt. Auch Gefängniszellen können dort besichtigt werden. Durch die Stadt fließt der Ljubljanica, Namensgeber der Stadt.

Die beiden müssen weiter. Bis zur nächsten Stadt, der Kreisstadt Celje, einst Cilli genannt, sind es noch über 70 Kilometer. Die Straßen sind nicht die besten und die Zeit drängt. Sie werden von Annes Eltern und der Schwester mit Familie erwartet.

Die Fahrt dauert einige Zeit. Durch das Savinja-Tal ragen rechts und links der Landstraße mächtige Hopfenpflanzen mit ihren Früchten. Es ist das größte Hopfenanbaugebiet Sloweniens. Sie sind mit Hopfenbauern in Tettnang verbunden. Es gäbe auch ein Hopfenmuseum zu besichtigen, aber sie haben keine Zeit. Schon von Weitem grüßt die mächtige Burg der Kreisstadt Celje. Dort lebten im Mittelalter die Grafen von Cilli unabhängig von den Habsburgern. Schauergeschichten wurden über sie erzählt, von Liebschaften, Eifersucht und Rachegelüsten.

Jetzt haben sie es nicht mehr weit. Auf der schlechten Straße ist schnelles Fortkommen unmöglich. Sie fahren langsam und halten noch einmal in der ältesten Apotheke Europas an, im Schloss Olimje. Einst lebten hier Grafen und Barone, heute beten dort die Minoriten. Die liebenswürdigen Mönche zeigen gerne ihren Klostergarten und geben Auskunft über die Wirkung der Heilkräuter. Nur einige Kilometer weiter erstreckt sich in der Ferne der Ausläufer des Adlergebirges mit seinem höchsten Berg von 527 Metern Höhe, auf dem die barocke Marienkirche thront. Anne wird ganz warm ums Herz. Sie ist in der Heimat angekommen. Im Tal von Saint Peter sind Bauern mit ihrer Weizenernte beschäftigt. Auch hier ragen die Hopfenpflanzen mit ihren Fruchtdolden in den Himmel. Auf den saftigen Wiesen grasen Kühe, einige bevorzugen den Schatten. Nur noch 2 Kilometer und sie sind zu Hause.

Martina hat in der guten Stube den Mittagstisch festlich gedeckt. Ständig läuft sie auf den Balkon und hält Ausschau nach dem Besuch. Auf einmal ruft sie laut, sie kommen, sie kommen und eilt zum Hoftor, um es zu öffnen. Voller Freude begrüßt sie ihre Tante und ihren Onkel. Jetzt kommt auch der kleine Bruder dazu. Alle sitzen am Mittagstisch. Martina hat ihren Platz zwischen Tante und Onkel eingenommen und wie es Brauch ist, betet sie das Vaterunser vor dem Essen in der kroatischen Sprache. Kinder, sagt der Vater, es ist nicht selbstverständlich, dass wir genug zu Essen haben, seien wir unserem Herrgott dankbar und freuen uns. Und jetzt wünsche ich guten Appetit.

Am Ende der Hauptmahlzeit wird Mokka und Gebäck serviert. Pero kann nicht mehr, muss sich hinlegen. Die Fahrt ist anstrengend auf diesen holprigen Straßen. Nach kurzer Zeit ist sein Schlaf nicht zu überhören.

Die Unterhaltung nimmt kein Ende. Plötzlich sprudelt es wie ein Wasserfall aus Martina, Tante, nimmst du mich mit in die Ferien? Mit dieser Frage hat niemand gerechnet. Gerne, Martina, aber deine Eltern müssen einverstanden sein. Martinas Eltern sind sprachlos über den Wunsch ihrer Tochter. Eigentlich ist der Wunsch berechtigt. Die Angst vor den serbischen Soldaten und den Gräueltaten in Bosnien ist berechtigt. Keine Frau und kein Mädchen ist vor ihnen sicher. Martinas Mutter Erika ist einverstanden. Der Vater zweifelt. Das Mädchen hält ihren Vater fest umschlungen und bittet, Papa, lass mich gehen, bitte, bitte. Sie erweicht sein Herz und darf gehen. Er hat allerdings kein gutes Gefühl dabei, wie sich später noch herausstellen wird.

Am Sonntag fahren sie alle auf den heiligen Berg, um die Gottesmutter um Schutz und Segen zu bitten. Schon als Kind ging Anne jedes Jahr zu Fuß mit ihrer Großmutter den Berg hinauf, um Schutz und Segen bei der Gottesmutter zu erbitten.

Heute knien sie alle vor dem Thron Mariens mitten im Kirchenschiff. Maria sitzt mit den Attributen einer Königin auf dem Thron und hat das Jesuskind auf dem Arm. Die Statue wird immer an bestimmten Festtagen auf dem Umzug getragen. Rosa, Blau oder Weiß. Darunter die Schrift, Maria schütze uns.

Das barocke Gotteshaus ist mit Pilgern aus der ganzen Umgebung überfüllt. Sie bitten um Schutz und Segen. Unzählige Gnaden-akte sind in dem Seitenschiff zu bewun-dern, welche sich aufgrund der Bitte an die Gottesmutter vom heiligen Berg ereigne-ten. Am Ende des Gottesdienstes singen Kroaten Marienlieder.

Im Bergrestaurant essen sie heute gemein-sam zu Mittag. Die Stimmung ist bedrückt, die Angst vor den Serben ist präsent. Mar-tina, die von allen geliebt wird, will mit nach Deutschland.

Dieser heilige Berg ist sehr alt. Bei den archäologischen Ausgrabungen 1971-1986 wurden römische Münzen und Kera-mik aus der Zeit des 1.-4. Jahrhunderts ge-funden. Vom 4.-5, Jahrhundert befand sich am Fuße des Berges ein Militärstützpunkt und auf dem Berggipfel war eine Zu-fluchtsstätte. Es ist auch ein Grab eines ger-manischen Kriegers samt Waffen und Ge-schirrbeigaben gefunden worden. Auch

Slaven haben ihre Toten auf dem Berggipfel bestattet. Die Frage, ab wann der Berg seinen Namen „heiliger Berg" bekam, ist bis heute nicht geklärt.

Schließlich kommt der Tag des Abschieds. Papiere (Pass, Gesundheitskarte, Vollmacht) liegen bereit. Schweren Herzens, viele Tränen fließen, verabschieden die Eltern ihre geliebte Tochter. Ein letztes Winken und sie sind fort. Keiner ahnt in diesem Augenblick, was das Schicksal für sie bereit hält.

Martina genießt die Fahrt und bewundert die Landschaft. In Dravograd (Neurauburg) verlassen sie Slowenien. Die Zöllner wollen die Papiere und auch die Vollmacht einsehen. Auf einem Parkplatz nahe Golling machen sie Rast. In ihrem Picknickkorb befindet sich allerlei Köstliches, das die Eltern eingepackt hatten. Wie ein kleines Vögelchen hüpft das Mädchen umher und bewundert die Gegend. Die Berge haben es ihr angetan und die gibt es hier zuhauf. Endlich betreten sie den deutschen Boden. Wie lange fahren wir noch? fragt Martina. Wenn alles klappt, sind wir in 4 Stunden daheim, antwortet Pero. Sie ist müde von der langen Fahrt und schläft auf dem Rücksitz ein. Als sie wieder aufwacht, stehen sie in der Einfahrt ihres Hauses. Gott sei Dank, alles ist gut gegangen.

Als Erstes rufen sie Martinas besorgte Mutter an. Dann packen sie alles aus und ruhen sich von der langen Fahrt aus. Sie waren 9 Stunden unterwegs.

Martina muss erst ihr neues Zuhause erkunden, bevor sie ihre Sachen auspackt. Darf ich denn nicht für immer hierbleiben, fragt sie. Das geht nicht, aber in den Ferien kannst du immer kommen, sagt ihre Tante. Darf ich denn Fahrradfahren, fragt sie. Sicher, aber erst müssen wir noch das Fahren üben, entscheidet Pero. Hier fahren viel mehr Autos auf der Straße als in deiner Heimat und es ist dadurch auch gefährlicher. Wir fangen gleich morgen an.

Gesagt getan. Die beiden machen sich nach dem üppigen Frühstück auf den Weg. Martina fährt mit dem silberfarbenen Fahrrad. Sie muss vor ihrem Onkel fahren. Sie ist leichtsinnig und wird immer wieder ermahnt. Sie fahren einige Male auf derselben Straße hin und her. Es ist eine Landstraße mit wenig Verkehr. Nach kurzer Mittagspause üben sie weiter. Sie will unbedingt fahren. Wenn das nur gut geht. Jetzt fährt sie voraus und Pero ist weit hinter ihr, aber hat sie noch im Blick. Sie macht alles richtig. So fahren sie einige Male die Straße auf und ab.

Abends bittet Anne ihre Nichte, zu Hause anzurufen. Wozu denn? fragt sie, es geht mir so gut bei dir. Sicher, aber deine Mama freut sich, dich zu hören. Sie spricht mit Mama, Papa, Bruder und erkundigt sich nach ihrem Hund.

Der Urlaub ist zu Ende. Pero ist längst mit seinem Lkw unterwegs und

Anne versorgt die Kranken in der Gemeinde. Für Martina hat sie den Frühstückstisch gedeckt, aber das Mädchen schlafen lassen. Die freundliche Nachbarin wird später nach ihr sehen.

Anne kommt pünktlich zu Mittag nach Hause. Martina hat bereits den Tisch gedeckt und Grießbrei gekocht. In kleine Glasschüsselchen hat sie Kirschkompott gefüllt. Voll Freude präsentiert sie ihrer Tante den gedeckten Tisch.

Toll hast du das gemacht, lobt sie die Tante. Wie hast du heute Nacht geschlafen? Ich habe dich weinen und stöhnen gehört. Unser Haus ist hellhörig und du schläfst direkt über mir. Ich habe nur schlecht geträumt, kann es nicht erklären.

Was ist mit dir, Kind? bohrt die Tante weiter.

Es ist nichts, nur etwas Unsichtbares, das mich wie ein Umhang einengt, das mich erdrücken will.

Anne muss zu einer Arztbesprechung in den Nachbarort. Es wird sicher nicht lange dauern, dann können wir noch etwas unternehmen. Darf ich in dieser Zeit Fahrrad fahren? bittet Martina. Ja, aber gib acht auf die Straße. Fahre immer den Weg, den du mit dem Onkel geübt hast.

Mache ich und bringst du Cremeschnitten mit? Ja, verspricht die Tante. Aber um 15 Uhr bist du wieder zurück.

Ja, sicher und schon fährt Martina davon.

Anne ist mit ihrem Gebäck pünktlich daheim, aber Martina ist nicht da. Eine halbe Stunde später begibt sich Anne auf die Suche. Sie fährt die ihr bekannte Strecke ab. Nichts. Als sie an der Kreuzung zur Landstraße einbiegen will, ruft sie entsetzt, mein Gott, Martina! Auf der Straße ist ein Fahrrad aufgezeichnet und Spuren eines Lkws. Voller Angst und Sorge fährt sie heim und ruft auf dem Polizeirevier in Ravensburg an. Gab es heute Nachmittag einen Unfall hier in Altshausen mit einem Mädchen auf dem Fahrrad? Welche Farbe hat das Fahrrad? fragt der Beamte. Silber, antwortet Anne. Und wie heißt das Mädchen? fragt er weiter. Martina. Ja, dann kommen Sie schnell zu uns. Und wo ist Martina jetzt? Im Krankenhaus.

Anne ruft ihre Tochter an und bittet sie, so schnell wie möglich heimzukommen. Sie ist nicht in der Lage, in die Stadt zu fahren, obwohl es nur 24 Kilometer sind. Wie soll sie das Geschehen ihrer Schwester erklären? Zur selben Zeit sitzen Martinas Eltern auf der Bank vor ihrem Haus. Auf einmal hören sie aus dem Zimmer ihrer geliebten Tochter lautes Weinen und Stöhnen und der Hund jault. Sie ahnen, dass etwas Schlimmes geschehen sein musste.

Bei der Polizei bekommen die beiden Frauen die Unfallbilder nicht zu sehen.

Es ist Folgendes, erklärt der Beamte: Das Mädchen ist auf der geraden Straße unterwegs gewesen. Hinter ihr kam ein Lkw. Nichtsahnend, zu dem war es sehr heiß an diesem Nachmittag, will sie links abbiegen, ohne die Richtung anzuzeigen, so sagen es der Fahrer und sein Sohn, der als Beifahrer neben ihm saß. Ihr Fahrrad hakt sich am hinteren Zwillingsrad ein. Sie fällt vom Rad und ihr Bein landet unter dem Rad. Nach 3 oder 4 Metern kommt der Lkw zum Stehen. Das Mädchen schreit vor Schmerzen. Zum Glück ist der Notarzt, Polizei und das Rote Kreuz gleich zur Stelle. Sie sind im Ort stationiert. Das Mädchen kann nur noch ihren Namen sagen und dass sie aus Kroatien kommt, und schon wirkt das Schmerzmittel, das ihr der Notarzt verabreicht. Die Bergung bekommt sie nicht mehr mit.

Martina ist inzwischen operiert und der Oberschenkel amputiert. Er ist total zertrümmert worden von der Last der Zwillingsräder. Jetzt wird Anne der Traum der vergangenen Nacht klar. Sie träumte von einer Oberschenkelholzprothese, die einfach nicht passen will und konnte damit nichts anfangen. Endlich erreichen sie die Unfallstation. Die Stationsschwester kommt ihnen entgegen. Sie kennt Anne noch aus der Krankenpflegeschule und fragt besorgt: Ist das Mädchen deine Tochter? Nein, meine Nichte aus Kroatien die bei mir Ferien macht. Sie begleitet die beiden in das Krankenzimmer.

Martina, mein Engel, sagt Anne ganz leise mit Tränen in den Augen. Sie streichelt ihr blasses Gesicht, küsst vorsichtig ihre Stirn. In ihrem Kopf dreht sich alles. Die Schwester bringt einen Stuhl. Sie muss sich setzen. Wie soll ich das nur ihren Eltern erklären? Die Schwester berichtet, was alles getan wurde. Sie hat bereits eine Bluttransfusion und Schmerzmittel bekommen. Jetzt liegt alles in Gottes Hand, meint die Schwester. Martina bewegt ihre Hand so, als würde sie zum letzten Mal winken wollen, aber sie ist zu schwach.

Gehen Sie heim, sagt der Stationsarzt, Sie können nichts ausrichten. Ich werde Sie anrufen, sobald sich etwas ändert. Nachdem die beiden gegangen waren, werden dem Mädchen Sterbesakramente gespendet.

Schweren Herzens greift Anne zum Telefon und berichtet, was geschehen ist. Die Eltern brechen in Tränen aus und legen auf. Sie zündet Kerzen an und betet. Die Nacht wird entscheiden über Leben und Tod ihrer geliebten Nichte. Der Unfallverursacher erkundigt sich im Laufe des Tages nach ihrem Befinden. Er ruft fast stündlich an. Es ist bereits sein zweiter Unfall dieser Art.

Anne und ihre Tochter kommen nicht zur Ruhe. Sie sind in Gedanken bei Martina. Um 23:30 Uhr läutet das Telefon. Es meldet sich der Stationsarzt und berichtet, es tut mir unendlich leid, wir konnten ihrer Nichte nicht helfen. Sie hat uns soeben verlassen. Sie ist friedlich eingeschlafen, nachdem die Lungenarterie gerissen war. Diese muss bei dem Unfall verletzt worden sein. Ich möchte Sie bitten, morgen auf die Station zu kommen, um die Formalitäten erledigen. Jetzt ist an Schlaf nicht zu denken. Wie teile ich die traurige Nachricht ihren Eltern mit? Die beiden Frauen einigen sich, bis morgen zu warten.

Die Eltern ahnen es bereits, sie sind gefasst, brechen in Tränen aus. Martinas Hund jaulte die ganze Nacht, ein Zeichen, dass sie gegangen war.

Nachdem etwas Ruhe in ihre Herzen eingekehrt war, besprechen sie die Überführung nach Kroatien. Martina wird zuerst vom örtlichem Bestatter nach Altshausen gebracht. Für die Überführung müssen einige Vorschriften beachtet werden: ein Doppelsarg und ein Leichenpass des kroatischen Konsulats. Pero ist unterwegs mit seinem Lkw, hat kein Handy. Die Polizei ist behilflich. Eine Durchsage im bayrischen Rundfunk hört ein Kollege und macht Meldung an das Unternehmen. Endlich ruft Pero zu Hause an. Was ist geschehen? fragt er besorgt. Martina ist tot, komm schnell heim. Er kann es nicht fassen. Warum und wieso? Ich erkläre es dir, sobald du kommst. Beeil dich bitte.

Anne ist mit dem Bestatter und seinem Helfer verabredet. Sie sucht in Martinas Zimmer die benötigten Dinge zusammen. Als hätte die Tote ihr Ende geahnt, liegt alles auf dem Nachttisch nebeneinander bereit. Sie muss nur Unterwäsche, weiße Socken und den Rosenkranz, den Anne ihr zur Erstkommunion geschenkt hatte, zusammenpacken. Dazu kauft sie noch einen Strauß weißer Lilien und gibt ein Sargbukett aus weißen Nelken und Rosen sowie einen Kranz aus bunten Sommerblumen beim   Floristen in Auftrag.

Im Leichenhaus haben die Männer bereits den Zinksarg in den weißen Sarg aus Fichtenholz gelegt und mit weißer Seide überzogen. Sie haben auch Kissen in den Sarg gelegt. Dem Leichnam des Mädchens wird die mitgebrachte Kleidung angezogen, ihr Gesicht wird ein wenig geschminkt und ihr braunes halblanges Haar gekämmt. Danach wird der Leichnam in den Zinksarg gelegt, mit weißen Lilien auf der Brust geschmückt und um die gefalteten Hände wird der Rosenkranz gewickelt. Noch einmal küsst Anne ihre geliebte Nichte auf die Stirn und nimmt weinend Abschied. Der Zinksargdeckel wird aufgelegt und rundum zugelötet. Nur durch ein kleines Fenster ist das Gesicht des Mädchens sichtbar. Der weiße Holzsargdeckel wird aufgelegt und verschraubt.

Am Nachmittag bringt Pero den Leichenpass. Stell dir vor, Anne, wir müssen denselben Weg zurückfahren, den wir mit Martina gekommen sind. Sie war doch auf der Fahrt so glücklich und voller Freude.

Bei dem Picknick an der Raststätte Golling hüpfte sie wie ein kleines Vögelchen, das in die Freiheit fliegt, in ihren beigen Bermudas und dem rosafarbenen Shirt umher. Vor allem aber hatten es ihr die Berge angetan.

Es ist alles für die Überführung vorbereitet. Die Sonne steht am Zenit, heizt mächtig auf. Sie müssen nachts fahren. Der Bestatter will nur fahren, wenn Anne mitfährt. So verabreden sie sich für 18 Uhr. Inzwischen sind auch Blumen angeliefert worden. Als der Bestatter Anne mit dem Leichenwagen abholt, stehen die Nachbarn an der Straße und winken dem Mädchen, das alle mochten, zum letzten Mal zu. Die freundliche Nachbarin weint: warum sie? Warum nicht ich? Sie hatte noch das ganze Leben vor sich, ich aber bin eine alte Frau und habe das Leben hinter mir.

Pero will mit der Tochter eine Stunde später losfahren, um bei der Ankunft in Kroatien seiner Frau beizustehen.

Die Sonne scheint nicht mehr. Sie ist müde geworden und hat sich schlafen gelegt. Ein kühles Lüftchen säuselt an den geöffneten Autofenstern vorbei. Mit der Zeit strahlen die ersten Sterne am Himmel. Annes Großvater erzählte einst, dass Gott für jeden Verstorbenen einen Stern anzündet, auf dem ein Engel sitzt. Und wo ist unser Engel?

Sie fahren langsam in der sternenklaren Nacht. Um Mitternacht erreichen sie die Grenzstation Walserberg Raststätte. Sie sind in Österreich angekommen. Um wach zu bleiben, trinken sie Kaffee, vertreten ein wenig ihre Beine. Viel Zeit haben sie nicht. Kroatien ist noch weit. Sie müssen die Strecke fahren, die ihnen im Leichenpass vorgeschrieben wird.

In den frühen Morgenstunden kommen sie in Neudrauburg-Dravograd an.

Grenzstation. Beide müssen aussteigen, die Dokumente werden kontrolliert. Alles in Ordnung. Sie müssen die Türen des Leichenwagens öffnen. Die Zöllner sind entsetzt, lassen sich das traurige Schicksal der Verunglückten erzählen, geben die Dokumente zurück und wünschen gute Fahrt.

Einige Kilometer fahren sie entlang der Drau, die heute so friedlich in Richtung Donau fließt. Auf der Anhöhe von 390 m thront die Stadt Dravograd, (deutsch: Drauburg). Es herrscht geschäftiges Treiben rechts und links der Hauptstraße. Unzählige Menschen sind bereits in dieser so frühen Morgenstunde unterwegs. Sie fahren weiter, immer weiter, bis die ersten Panzersperren das Weiterfahren verhindern. Aus dem Wald stürmen Soldaten der slowenischen Armee mit vorgehaltenen Maschinengewehren und zwingen sie, anzuhalten. Dem Befehl, die Tür des Leichenwagens zu öffnen, kommen sie sogleich nach. Nach kurzer Weiterfahrt treffen sie wieder auf Panzersperren, aber dieses Mal ohne Soldaten.

Jetzt erst wird ihnen klar, es ist Krieg auf dem Balkan und die serbischen Soldaten scheinen nicht sehr weit entfernt zu sein.

Inzwischen lässt sich die Sonne am Horizont blicken. Zaghaft schiebt sich die riesige helle Kugel aus der Tiefen der slowenischen Täler gen Himmel empor. Wir müssen uns beeilen, meint Anne, es wird heiß werden heute und wir haben noch 3 Stunden Fahrt vor uns. Die Gegend, in der sie jetzt unterwegs sind, ist von der Landwirtschaft geprägt. Weizen, Roggen und Hafer sind bereits abgeerntet. In diesen ersten Augustwochen ist es in dieser Gegend unbarmherzig heiß, so sehr, dass es in den Mittagsstunden auf den Feldern und Wiesen nicht auszuhalten ist.

An der kroatischen Grenze werden sie bereits erwartet. Die Tragödie um Martina hat sich herumgesprochen und auch, dass sie heute zu Grabe getragen wird.

Jetzt wird es Anne eng ums Herz. Nur noch
1 Kilometer und sie sind am Ziel.

In der Hofeinfahrt wartet eine große
Menschenmenge. Am liebsten wäre
Anne in den Boden versunken, aber sie
muss aussteigen. Mit dem Bestatter öffnet
sie die Tür des Leichenwagens. Jetzt wird
Anne von Martinas Vater angeschrieen
und beschuldigt, an ihrem Tod schuld zu
sein. Sie hätte niemals Fahrrad fahren dür-
fen. Aber sie war doch so glücklich dabei,
sagt Anne. Vier junge Männer in schwarzen Hosen und weißen Hemden heben den
Sarg aus dem Wagen und tragen ihn ins eigens dafür vorbereitete Zimmer. Sie stellen
ihn auf das mit weißen Leinentüchern be-
zogene Podest, schrauben den Sargdeckel
ab und stellen ihn in eine Ecke. Der dunkle
Raum ist von dem Duft der Sommerblumen erfüllt. Unzählige Blumenkränze hän-
gen an den Wänden. Auf einen kleinen
Tisch am Fußende des Sarges stellt Anne
ein Bild Martinas, das sie extra dafür

vergrößern ließ, zündet Kerzen an und besprengt den Sarg mit Weihwasser. Einige alte Frauen beginnen mit dem Rosenkranzgebet, wie es hier üblich ist. Martinas Mutter dankt dem Bestatter für seinen Mut, in dieser Krisenzeit ihr Kind überführt zu haben und reicht ihm ein gutes Frühstück. Er aber will so schnell wie nur möglich zurück. Die unbeschreibliche Trauer, er hat so etwas noch nie erleben müssen, zerreißt ihm das Herz.

Dann bricht der Vater zusammen. Zum Glück ist eine befreundete Ärztin anwesend, kümmert sich um ihn und gibt ihm eine Beruhigungsspritze. Er aber macht sich Vorwürfe, weil er seine Tochter hat gehen lassen.

Erst als sich der Raum etwas geleert hat, nehmen die Eltern allen Mut zusammen und schauen durch das kleine Fenster zum letzten Mal das liebliche Antlitz ihrer geliebten Tochter an.

Alles trägt Trauer in diesen schweren Stunden. Auch der Hund liegt traurig vor

seiner Hütte, rührt den gefüllten Napf
nicht an und jault.

Endlich treffen auch Pero und Tochter
ein. Wie sollen sie der ganzen Trauer
begegnen? Die Nachtfahrt war sehr anstrengend. Und sie sind müde und erschöpft. Auch sie sind Panzersperren be-
gegnet und Soldaten mit Maschinengewehren. Angst geht um im Land, Angst
vor serbischen Soldaten und ihren Gräueltaten. Frauen und noch sehr junge Mädchen werden geschändet, viele sterben. So
berichten kroatische Soldaten.
Vielleicht hat Gott das liebe Mädchen, um
die jetzt geweint und getrauert wird, vor
all dem Elend bewahrt. Sie war anders als
die anderen Mädchen in ihrem Alter.
Keine roten Fingernägel, keine Jungs und
keine Partys. Sie sprach bereits drei Spra-
chen. Kroatisch ist die Amtssprache, Eng-
lisch die Fremdsprache, slowenisch die
Sprache ihrer Mutter. Um ihren Onkel zu
verstehen, lernte sie auch noch Deutsch.

Sie wollte weiterkommen, einen Beruf er-
lernen, um Menschen zu helfen. Aber wie
gesagt, Gott hatte andere Pläne mit ihr.
Jetzt liegt sie da, gebettet in ein Meer von
Blumen. Sie liebte Blumen so sehr.

Viele Menschen strömen zum Haus der
Trauer. Es ist unbarmherzig heiß und
schwül. Neben der Eingangstür stehen
rechts und links wieder die Männer in
schwarzen Hosen und weißen Hemden.
Sie warten auf ihren Einsatz. Es ist 13.30 als
ein Pferdegespann mit umgebauter Kutsche und Trauerflor auf dem Hof an-
kommt. Die wartenden Männer legen den
Sargdeckel auf und verschrauben ihn. Die
von Trauer und Leid gebeugten Eltern
müssen zuschauen wie ihr geliebtes Kind
das Haus verlässt und nie mehr zurück-
kehrt. Die ganze Verwandtschaft von Nah
und Fern, ist zugegen, als der Sarg auf die
eigens umgebaute Kutsche aufgelegt und
befestigt wird. Er ist mit Blumenkränzen
geschmückt. Auch die Geistlichen aus der

Nachbargemeinde der Heiligen Katharina und aus der Gemeinde der Mutter von St. Peter sind anwesend. Auch der Pfarrer der eigenen Gemeinde des heiligen Rochus ist anwesend. Er hatte Martina getauft und ihr die Erstkommunion gereicht. Es fällt ihm sichtlich schwer, mit dem Gebet zu beginnen, so wie es hier üblich ist. Die Glocken der umliegenden Kirchen ertönen. Neben den Kutscher setzt sich die beste Freundin Martinas. Sie ist angezogen wie eine Braut. Der Trauerzug setzt sich in Bewegung, ist unendlich lang. Von überall sind Menschen gekommen, um ihre Anteilnahme zu bekunden. Geistliche Herren gehen betend hinter dem Pferdegespann, danach die Eltern mit dem Bruder in ihrer Mitte. Auch Anne reiht sich mit ihrer Tochter ein. Sie fühlt, dass alle Augen auf sie gerichtet sind, auf sie, die Schuldige. Pero hat einige alte Frauen im Auto eingeladen und schließt den langen Trauerzug ab. Die Pferde bewegen sich langsam fort, die Sonne heizt mächtig auf und am Himmel ist kein

Wölkchen zu sehen. Bis zum Friedhof sind es etwa 2 Kilometer und die heißt es jetzt zu gehen und auszuhalten. Unheimliche Stille, nur das Vorbeten der Priester ist zu hören. Unterhalb des Hauptortes, vor der Kirche des Heiligen Rochus, halten sie an. Die Pferde gehorchen, bleiben stehen. Die vier jungen Männer, sie sind den ganzen Weg neben dem Wagen gegangen, entfernen zuerst den Blumenschmuck, verteilen die Kränze an junge Burschen, welche sie hinauf zur Grabstätte tragen und heben danach den Sarg aus der Verankerung und tragen ihn hinauf zur Grabstätte. Hier ist der Brauch, dass die Beisetzung zuerst stattfindet und danach die Totenmesse, das Requiem gehalten wird. Ihre beste Freundin, die Braut, folgt als erste dem Sarg, danach kommt der gesamte Leichenzug. Wie üblich betet der Priester am Grab und segnet es. Nun wird der Sarg ins Grab gelassen. Die Eltern schreien auf, Tränen fließen. Die Glocken der Rochus Kirche, von Sankt Peter und vom heiligen Berg ertönen. Es ist endgültig.

Zum Paradies mögen Engel dich begleiten, die heiligen Märtyrer dich begrüßen und dich führen in die Heilige Stadt Jerusalem. Die Chöre der Engel mögen dich empfangen, und durch Christus, der für dich gestorben, soll ewiges Leben dich erfreuen, betet der Priester der Rochus Gemeinde. Nun beräuchert er das Grab mit duftendem Weihrauch und spricht: Dein Leib war Gottes Tempel. Der Herr schenke dir ewige Freude. Danach wirft er eine Schaufel Erde auf den Sarg und spricht: Von der Erde bist du genommen, und zur Erde kehrst du zurück. Der Herr wird dich auferwecken.

Nun nimmt er das weiße Holzkreuz in die Hand und macht das Kreuzeszeichen über dem Grab und steckt es in die Erde als Zeichen unserer Hoffnung. Nun wird das Vaterunser für Lebende und Verstorbene gemeinsam gebetet. Ein Schülerchor singt ein trauriges Lied. Ihre Freundin, die Braut, tritt vor das Grab und wirft ihren Brautstrauß in das Grab, danach zieht sie den Brautkranz aus ihrem blonden langen Haar und wirft ihn hinterher mit den Worten: Martina, hier auf Erden wirst du keine Braut mehr, so bist du die Braut unseres Herrn Jesus Christus im Himmel. Möge er dir die ewige Freude schenken. Das Mädchen verneigt sich und geht laut weinend fort.

Nun müssen die Anwesenden jeweils eine Schaufel Erde auf den Sarg werfen oder ihn mit dem Weihwasser besprengen. Die Eltern müssen voran, danach die Verwandten und alle Anwesenden. Anne bricht zusammen, wird von Mann und Tochter gestützt und im Schatten der hohen Zypressen auf einen Stein gesetzt. Sie ist am Ende ihrer Kraft. Zudem hat sie auch das Gefühl, dass alle Augen auf sie gerichtet sind und wenn sie könnten, wäre sie jetzt tot, sie, die Schuldige.

Langsam leert sich der Friedhof. Gläubige eilen hinunter, um nach der anstrengenden Zeremonie einen Sitzplatz in der kleinen Kirche des heiligen Rochus zu ergattern. Anne sitzt neben ihrer Schwester in der letzten Bank. Viele müssen draußen bei der sengenden Hitze ausharren. Auch Pero und ihre Tochter ist unter ihnen. Beide sind der kroatischen Sprache nicht mächtig. Sie suchen den Schatten, um endlich durchatmen zu können.

Der Pfarrer lobt Martina in seiner kurzen Ansprache, bringt das heilige Messopfer für sie dar und spricht den Angehörigen sein tiefes Mitgefühl aus. Wieder stehen sie am Grab, die Eltern, Großeltern, der kleine Bruder, Anne mit Mann und Tochter.

Das Grab ist jetzt aufgeschüttet und mit Blumenkränzen belegt. Lebewohl geliebte Martina, wir sehen uns im Himmel wieder, ruft ihr Anne zu und besprengt das Grab mit Weihwasser und alle machen es ihr nach.

Wäre der heutige Tag nicht voller Trauer, würde sich das Auge an der Weite des Sotla-Satelbachs-Tals mit seinen grünen Wiesen und weidenden Kühen erfreuen. Durch die Mitte des Tals fließt der Fluss und trennt Slowenien und Kroatien.

Das Tal wird von Ausläufern des Adlergebirges mit seinem höchsten Berg und der Marienkirche beschützt.

In der Ferne leuchtet in der Abendsonne die Ruine der einstigen Kaiserburg.

Die Angehörigen der Verstorbenen finden sich in der nahen Gastwirtschaft ein. Der Tag war lang, heiß und voller Trauer.

Auf dem Weg, die meisten gehen zu Fuß, hört Anne junge Burschen reden. Sie wissen nicht, dass Anne ihre Sprache versteht.

Schaut, sagt einer, vor uns geht die verfluchte Tante, hätte sie besser aufgepasst, würde Martina noch leben.

Mit Mühe und Not erreicht sie die Gaststube. Sie setzt sich etwas abseits hin, ist völlig am Ende, und bis auf die Knochen erschöpft. Alle Blicke sind jetzt auf sie gerichtet. Schon wieder wird sie beschuldigt, aber keiner der Anwesenden wagt ein Wort zu sagen. Ihre Schwester setzt sich schließlich zu ihr, umarmt sie, will sie trösten. Du kannst nichts dafür, sagt sie laut, damit es alle hören können. Endlich ist Ruhe. Getränke werden aufgetischt und der Durst wird gestillt. Pero nimmt seine Frau bei der Hand und führt sie an die frische Luft. Jetzt wird ihr erst bewusst, dass sie den ganzen Tag noch nichts gegessen hat. Du musst etwas essen, komm, wir gehen zu den anderen. Die Trauer hat sie fest im Griff, Schmerz schnürt ihr die Kelle zu, ihre Seele blutet, ihr Körper zittert.

Gegen Abend, nachdem es etwas kühler geworden war, löst sich die Trauergemeinschaft auf. Jeder geht seinen Weg in der Hoffnung, so ein grausames Schicksal nicht selbst erleiden zu müssen. Kann man denn seinem Schicksal ausweichen? Bei

Krankheiten und Unfällen heißt es oft, das war sein Schicksal.

Der römische Kaiser Marc Aurel war der Meinung, dass unser Leben auf dem Planeten Erde nur eine Wanderschaft sei auf dem Weg in die Ewigkeit. Wir kommen von Gott und wir gehen zu ihm zurück. Die Zeit, die wir auf der Erde verbringen, soll Zeugnis seiner unerschütterlichen Liebe und Güte sein.

Wir sind nur Gast auf Erden und wandern ohne Ruh mit mancherlei Beschwerden der ewigen Heimat zu. (Aus dem Katholischen Gesangbuch.)

Freunde haben das Todeszimmer aufgeräumt, geputzt und gelüftet. Alles ist wieder an seinem Platz. Auf dem runden Eichentisch steht Martinas Foto, daneben steht ihre Erstkommunion Kerze. Ihr Schein spendet Licht in der beginnenden Abendstunde. Auf dem Sofa sitzen die Großeltern, Eltern und Anne mit Mann und Tochter. Sie wollen durchatmen. Doch der Verlust des fröhlichen Kindes lässt sie nicht zur Ruhe kommen. Hasso, ihr geliebter und treuer Hund liegt immer noch vor seiner Hütte, den Kopf auf den Vorderpfoten und die Augen geschlossen.

Und wieder kommt die Frage auf, warum, warum ausgerechnet Martina. Sie hatte noch das ganze Leben vor sich, und jetzt liegt sie im kühlen Grab und kommt nie wieder zurück. Vielleicht kommt sie doch eines Tages und ruft, so wie früher, wenn sie von der Schule kam: Mama, ich bin da. Ihre Mutter erinnert sich jetzt an jede Einzelheit, über die sie am Telefon miteinander gesprochen hatten. Ihr Vater sitzt bewegungslos, starrt auf das Bild und vergießt bittere Tränen. Er fühlt sich mit verantwortlich, weil er sie hat gehen lassen. Wer weiß warum, versucht Anne ihn zu trösten. Der Tod war ihr bestimmt, es hätte auch hier passieren können. Sie war zu gut für diese Welt, ein Engel, den Gott bei sich haben wollte.

Mit dem Märchen von Hans Christian Andersen, der Geschichte einer Mutter, will Anne alle ein wenig trösten.Eine Mutter saß bei ihrem kleinen Kinde. Sie war so betrübt, so besorgt, dass es sterben könnte. Es war so bleich, die kleinen Augen hatten sich geschlossen, es atmete so leise und zuweilen tief, als seufze es, und die Mutter sah das kleine Wesen noch trauriger an.

Da klopfte es an der Tür, und ein armer, alter Mann trat ein. Es sah so aus, als sei er in eine große Pferdedecke gehüllt, denn die hält warm, das hatte er nötig, denn es war ja kalter Winter. Draußen war alles mit Eis und Schnee bedeckt, und der Wind wehte so scharf, dass er einem ins Gesicht schnitt. Und weil der alte Mann vor Kälte zitterte und das Kind gerade einen Augenblick schlief, ging die Mutter hin und setzte Bier in einem kleinen Topf in den Ofen, damit es für ihn warm werden sollte, und der alte Mann saß da und wiegte das Kind, und die Mutter setzte sich auf einen Stuhl dicht neben ihn, sah ihr krankes Kind, das so tief atmete, und hob die kleine Hand in die Höhe. Glaubst du nicht auch, dass ich es behalten werde? sagte sie, der liebe Gott wird es mir nicht nehmen! Und die Mutter sah in ihren Schoß nieder. Und die Tränen rannen ihr von den Wangen herab. Ihr Kopf wurde so schwer, drei Tage und Nächte hatte sie kein Auge zugemacht, und jetzt schlief sie, aber nur eine Minute, dann fuhr sie in die Höhe und zitterte vor Kälte. „Was ist das?", sagte sie und sah sich nach allen Seiten um, aber der alte Mann war weg, und ihr kleines Kind war auch weg, er hatte es mitgenommen, und dort in der Ecke schnurrte und schnurrte die alte Uhr, das große Bleilot fiel tief bis auf den Fußboden herunter, bums! Und dann stand auch die Uhr still.

Aber die arme Mutter lief zum Hause hinaus und rief nach ihrem Kinde.

Draußen mitten im Schnee saß eine Frau in langen schwarzen Kleidern, und die sagte: Der Tod ist bei dir in deiner Stube gewesen, ich sah ihn mit deinem kleinen Kinde davoneilen; er schreitet schneller als der Wind, er bringt nie zurück, was er genommen hat.

Sage mir nur, welchen Weg er gegangen ist! sagte die Mutter, sage mir den Weg, und ich werde ihn finden!

Ich kenne ihn! sagte die Frau in den langen schwarzen Kleidern, aber bevor ich ihn dir sage, musst du mir erst alle die Lieder vorsingen, die du deinem Kinde vorgesungen hast. Ich liebe sie, ich habe sie früher gehört: Ich bin die Nacht, und ich sah deine Tränen, während du sie sangest.

Ich will sie alle, alle singen! sagte die Mutter, aber halte mich nicht auf, damit ich ihn einholen kann und damit ich mein Kind wieder finde.

Aber die Nacht saß still und stumm da. Da rang die Mutter die Hände, sang und weinte, und da gab es viele Lieder, aber noch mehr Tränen, und dann sagte die Nacht: Gehe rechts in den dunklen Fichtenwald hinein. Dahin sah ich den Tod den Weg mit deinem kleinen Kinde einschlagen.

Tief drinnen im Wald kreuzten sich die Wege, und sie wusste nicht mehr, wohin sie gehen sollte. Da stand ein Dornbusch, an dem war weder Blatt noch Blüte, es war ja zur kalten Winterszeit, und an den Zweigen hingen Eiszapfen.

Hast du nicht den Tod mit meinem kleinen Kinde vorübergehen sehen? Freilich! sagte der Dornbusch, aber ich sage dir nicht, welchen Weg er genommen hat, wenn du mich nicht zuvor an deinem Herzen erwärmen willst. Ich friere und werde zu lauter Eis!

Und sie drückte den Dornbusch an ihre Brust so fest, dass er sich erwärmen konnte, und die Dornen drangen tief in ihr Fleisch hinein, und ihr Blut floss in großen Tropfen, der Dornbusch aber trieb frische, grüne Blätter und er bekam Blüten in der kalten Winternacht, so warm war es an dem Herzen einer betrübten Mutter; und der Dornbusch sagte ihr den Weg, den sie gehen sollte.

Da kam sie an einen großen See, wo weder Schiff noch Boot war. Der See war nicht fest genug zugefroren, um sie tragen zu können, und nicht offen und flach genug, als dass sie hätte durchwaten können, und hinüber musste sie, wenn sie ihr Kind finden wollte; so legte sie sich denn nieder, um den See auszutrinken, und das war ja unmöglich für einen Menschen, aber die betrübte Mutter dachte, dass vielleicht ein Wunder geschehen könnte.

Nein, das geht nimmer! sagte der See, lass uns beide lieber sehen, dass wir einig werden! Ich sammle so gern Perlen, und deine Augen sind die klarsten Perlen, die ich gesehen habe. Willst du sie in mich ausweinen, dann will ich dich nach dem großen Treibhaus hinübertragen, wo der Tod wohnt und Bäume und Blumen pflegt. Sie alle sind Menschenleben.

Ach, was gäbe ich nicht, um zu meinem Kinde zu kommen, sagte die weinende Mutter, und sie weinte noch mehr, und ihre Augen sanken auf den Grund des Meeres und wurden zu zwei kostbaren Perlen; aber sie selbst hob der See empor, als säße sie in einer Schaukel, und sie flog bis an das gegenüberliegende Ufer, wo ein meilenweites, wunderliches Haus stand. Man wusste nicht, ob es ein Berg mit Wäldern und Höhlen war, oder ob es aufgebaut war, aber die arme Mutter konnte es nicht sehen, sie hatte ja ihre Augen ausgeweint.

Wo werde ich den Tod finden, der mit meinem kleinen Kinde davonging? fragte sie.

Hierher ist er noch nicht gekommen, sagte die alte Totengräberfrau, die das große Treibhaus des Todes besorgen musste. Wie hast du nur hierher finden können, und wer hat dir geholfen?

Der liebe Gott hat mir geholfen! sagte sie, er ist barmherzig und das wirst du auch sein! Wo werde ich mein kleines Kind finden?

Ja, ich kenne es nicht, sagte die Frau, und du kannst nicht sehen! Viele Bäume und Blumen sind über Nacht verwelkt, der Tod wird bald kommen und sie umpflanzen! Du weiß doch, dass jeder Mensch einen Lebensbaum oder seine Lebensblume hat, je nachdem ein jeder eingerichtet ist. Sie sehen aus wie andere Gewächse, aber ihre Herzen schlagen. Das Kinderherz kann auch schlagen. Richte dich danach, vielleicht kannst du den Herzschlag deines Kindes erkennen, aber was gibst du nun, wenn ich dir sage, was du nun weiter tun sollst?

Ich habe nichts zu geben, sagte die betrübte Mutter, aber ich will für dich bis ans Ende der Welt gehen.

Ja, da habe ich nichts zu schaffen, sagte die Alte, aber du kannst mir dein langes, schwarzes Haar geben, das ist schön, das mag ich leiden! Du sollst mein Weißes dafür wiederhaben, das ist doch immerhin etwas!

Verlangst du nichts weiter! Sagte sie, das gebe ich dir mit Freuden! Und sie gab ihr ihr schönes schwarzes Haar und bekam dafür das schneeweise der Alten.

Und dann gingen sie in das große Treibhaus des Todes, wo Bäume und Blumen gar wunderlich durcheinander wuchsen. Da standen feine Hyazinthen unter Glasglocken; und da standen große baumstarke Päonien; da wuchsen Wasserpflanzen, einige ganz frisch, andere halb krank; Wasserschlangen ringelten sich um sie und schwarze Krebse klemmten sich an den Stängeln fest. Da standen herrliche Palmen, Eichen und Platanen, da stand Petersilie und blühender Thymian; jeder Baum und jede Blume hatte einen Namen, sie waren alle ein Menschenleben; die Menschen lebten noch, der eine in China, der andere in Grönland, ringsumher auf der Welt. Da waren große Bäume in kleinen Töpfen, sodass sie ganz eingeengt dastanden und den Topf zu zersprengen drohten; da wurden auch an einigen Stellen kleine, langweilige Blumen in fetter Erde mit Moos ringsumher gehegt und gepflegt. Aber die betrübte Mutter beugte sich über alle von den kleinsten Pflanzen und hörte, wie inwendig in ihnen das Menschenherz pochte, und unter Millionen erkannte sie den Herzschlag ihres Kindes.

Das ist es! Rief sie und streckte die Hand über eine kleine Krokusblüte aus, die ganz krank nach der einen Seite herabhing.

Rühr die Blume nicht an! sagte die alte Frau, aber stelle dich hierher, und wenn dann der Tod kommt -ich erwarte ihn jeden Augenblick- dann lass ihn die Pflanze nicht ausreißen und drohe ihm, dass du es mit den anderen Blumen ebenso machen wirst, dann wird ihm bange; er ist dem lieben Gott verantwortlich für sie, keine darf herausgerissen werden, ehe er die Erlaubnis dazu gibt!

Auf einmal sauste es eiskalt durch den Raum, und die blinde Mutter konnte merken, dass der Tod jetzt kam.

Wie hast du nur den Weg hierher finden können? fragte er, wie konntest du schneller kommen als ich?

Ich bin eine Mutter!, sagte sie.

Und der Tod streckte seine lange Hand nach der kleinen, feinen Blume aus, aber sie hielt sie fest mit ihren Händen umklammert, so fest und doch von Angst erfüllt, dass er eines der Blätter berühren könnte. Da blies der Tod ihre Hände an, und sie fühlte, dass sein Hauch kälter war als der kälteste Wind, und ihre Hände sanken schlaff herab.

Gegen mich kannst du nichts tun! sagte der Tod.

Aber der liebe Gott kann es! sagte sie.

Ich tue nur, was er will, sagte der Tod. Ich bin sein Gärtner! Ich nehme alle seine Blumen und Bäume und pflanze sie in den großen Paradiesgarten in das unbekannte

Land, aber wie sie da wachsen und wie es dort ist, das darf ich dir nicht sagen!

Gib mir mein Kind wieder, sagte die Mutter und weinte und flehte; auf einmal packte sie mit beiden Händen zwei schöne Blumen ganz in ihrer Nähe und rief dem Tod zu: Ich reiße alle deine Blumen ab, denn ich bin verzweifelt.

Rühre sie nicht an! sagte der Tod. Du sagst, dass du unglücklich bist, und nun willst du eine andere Mutter ebenso unglücklich machen!

Eine andere Mutter, sagte die arme Frau und ließ sofort beide Blumen los.

Da hast du deine Augen! sagte der Tod, ich habe sie aus dem See herausgefischt, sie glänzten so stark, aber ich wusste nicht, dass es die deinen waren; nimm sie wieder, sie sind noch klarer als zuvor; sieh dann in den tiefen Brunnen dort hinab, ich werde die Namen der beiden Blumen nennen, die du abreißen wolltest, und du wirst das sehen, was du zerstören und vernichten wolltest!

Und sie sah in den Brunnen hinab, und es war eine Glückseligkeit zu sehen, wie die eine ein Segen für die Welt ward, zu sehen, wieviel Glück und Freude sich um sie ausbreitete. Und sie sah das Leben der anderen und es war Sorge und Not, Entsetzen und Elend.

Beides ist Gotteswille, sagte der Tod.

Welche von ihnen ist die Blume des Unglücks und welche die glückliche? fragte sie.

Das sage ich dir nicht, sagte der Tod, aber das sollst du wissen, die eine von den Blumen war die deines eigenen Kindes Schicksal, das du sahest, die Zukunft deines eigenen Kindes!

Da schrie die Mutter von Schrecken auf. Welche von den beiden war mein Kind? Sage es mir! Erlöse das unschuldige Kind! Errette mein Kind von all dem Elend! Trage es lieber fort! Trage es hinüber in Gottesreich! Vergiss meine Tränen, vergiss mein Flehen und alles, was ich gesagt und getan habe!

Ich verstehe dich nicht! sagte der Tod. Willst du dein Kind wieder haben, oder soll ich mit ihm an den Ort gehen, den du nicht kennst?

Da rang die Mutter ihre Hände, fiel auf die Knie nieder und betete zum lieben Gott: Erhöre mich nicht, wenn ich gegen deinen Willen bitte, der allzeit der Beste ist. Erhöre mich nicht! Erhöre mich nicht!

Und sie beugte ihr Haupt tief in ihren Schoß nieder.

Und der Tod ging mit ihrem Kinde in das unbekannte Land.

Tief betroffen von der Geschichte erfüllt nur noch Schweigen den Raum und alle Blicke richten sich auf das Bild des Kindes auf dem Tisch. Wer weiß, wovor sie der Herr bewahrt hat, sagt die Mutter. Sie weint und ihr Gesicht ist um Jahre gealtert.

Sie verabschieden sich, denn es ist schon spät, fahren nach Slowenien hinüber und bringen die Großeltern heim. Nur ein paar Stunden Schlaf wollen sie sich gönnen nach diesem schweren und traurigen Tag.

Ihre Taschen sind bereits gepackt, aus dem Schlaf wurde nichts. Sie sind übermüdet und finden keine Ruhe. Allein der Gedanke an die Familie und der Verlust der geliebten Tochter Martina und vor allem das Warum kreist immer noch in ihren Gedanken.

Es ist bereits Mitternacht. Pero schläft endlich ein, dagegen ist Anne hellwach. Sie geht auf den Balkon. Die Stille der Nacht wird durch das Gebell eines Hundes gestört, und vom nahen Wald schreit ein Käuzchen. Es schreit immer, wenn jemand stirbt, so sagten früher die alten Leute. Unzählige Sterne leuchten am Firmament, einer heller als der andere. Und Martina, mein Engel, wo bist du?

Der Mond ist nicht mehr sichtbar. Sie legt sich hin, kommt nicht zur Ruhe. Irgendwann streckt Pero seinen linken Arm aus, berührt sie. Kannst du auch nicht schlafen?

fragt er ganz leise. Nein, antwortet sie. Komm, lass uns aufstehen und fahren, bevor die große Hitze kommt. Sie wecken ihre Tochter, wollen ganz leise das Haus verlassen, um die schlafenden Eltern nicht zu stören. Für sie waren die vergangenen Tage unbeschreiblich schmerzlich. Aber der Vater ließ es sich nicht nehmen, sie zu verabschieden.

So fahren sie dieses Mal nach 25 Kilometer Landstraße auf die Autobahn in Richtung der Hauptstadt Ljubljana.

Sie treffen wieder auf die Panzersperren, jedoch ohne Militär. Gerne hätten sie einen Abstecher in das einstige Land der Gottscher gemacht. Heute nicht, ein anderes Mal vielleicht, ich will nur noch heim, bestimmt Pero. Nach etwa 4 Stunden stehen sie bereits an der Grenze zu Österreich.

Der Karawankentunnel erleichtert ihnen die schnelle Weiterfahrt nach Deutschland. Jetzt, in den ersten Morgenstunden haben sie die Autobahn fast für sich allein. Hinter den hohen Bergen der Tauernautobahn geht die Sonne auf. Ein herrliches Schauspiel. Wie ein riesengroßer, feuerroter Ball schiebt sich die Sonne an den nackten Felsen der hohen Alpen vorbei. Wo sind wir? fragt die Tochter. Sind wir bald daheim? Nein, antwortet der Vater und fährt an die nächste Raststätte. Der Hunger hat sich inzwischen gemeldet und ihr Auto, der blaue Mazda, muss aufgetankt werden. Jetzt erst spüren sie, dass sie trotz der erdrückenden Trauer wieder etwas freier atmen können.

Die Frühstückspause ist vorbei, das Auto getankt. Soll ich fahren? fragt Anne. Ich fahre, entscheidet Pero, ich bin ja fahren gewöhnt. Zudem sind wir bald in Salzburg, und bis zur Grenze am Walserberg ist es dann nicht mehr weit.
Weckt mich, sobald wir auf deutschem Boden sind, bittet die Tochter. Auch du, Anne, versuche, auszuruhen, sagt Pero, du hast eine schwere Zeit hinter dir, und wer weiß, was uns noch erwartet.

Am Himmel sammeln sich dunkle Wolken. Mal scheint die Sonne durch sie hindurch, mal nicht. Es ist auch nicht mehr so heiß wie in den letzten Tagen, nur unendlich schwül. Es wird Gewitter geben, meint Pero, schaut, die Vögel fliegen ganz tief und diese unheimliche Stille. Und der Wind macht auch kein Muckser.

Endlich erreichen sie Deutschland. Wir sind in Deutschland, sagt Pero, und in Kürze am Chiemsee. Dort war einst Martina so glücklich, fütterte die Schwäne und Enten.

Wenn alles klappt, sind wir in 4 Stunden daheim, meint Pero als routinierter Autofahrer. Aber die dunklen Wolken am Himmel werden immer mehr. Hoffentlich sind wir noch vor dem Gewitter daheim. Die Natur freut sich und ist dankbar für jeden Regentropfen, der vom Himmel fällt.

München liegt hinter uns, und in 2 Stunden sind wir zu Hause. Hoffentlich hält das Wetter, sagt Pero mit sorgenvollem

Blick zum Himmel. Es könnte auch hageln so wie sich die dunklen Wolken bewegen. Es ist früh am Nachmittag und bereits dunkel wie am Abend. Die Autofahrer haben Abblendlichter eingeschaltet, um zu sehen und gesehen zu werden.

Jetzt streiten noch Blitz und Donner am Himmel, es wird immer unheimlicher. Gott sei gelobt, ruft Anne aus, sie stehen schließlich endlich in ihrer Garage. Jetzt öffnet Petrus die Schleusen und es regnet wie aus Kübeln. Mitunter purzeln auch kleine Hagelkörner herunter. Die durstende Natur kann die Regenmasse nicht aufnehmen und so ist die Straße sogleich überflutet, nicht auszudenken, welche Gefahren den Autofahrern drohen. Das Gewitter zieht ab und sie können endlich ins Haus. Und am Himmel strahlt der farbenprächtige Regenbogen. Jetzt ist Ruhe angesagt, nichts als Ruhe. Zu ihrer Überraschung steht auf dem Esstisch ein wunderschöner Blumenstrauß und eine Schale mit frischem Obst steht daneben. Die liebenswerte Nachbarin hatte ihnen beides hingestellt. Der Tag war längst gegangen und am Firmament leuchten wieder die Sterne, so, als wäre nichts gewesen.

Neben dem Bild ihrer geliebten Nichte auf der Kommode zündet Anne eine Kerze an. Für dich, mein Engel, sagt sie, damit es dir leuchtet, wo immer du bist.
Es hilft nichts, das Leben geht weiter, aber es ist nichts wie zuvor. Trauer lässt sich nicht einfach abschütteln wie ein Regentropfen vom Regenschirm.

Am Abend steht der Pfarrer der Gemeinde vor ihrer Tür. Sie sind überrascht, haben mit seinem Besuch nicht gerechnet.
Ich bin heute aus meinem Urlaub zurückgekommen und habe von Ihrem schweren Unglück gehört. Ich möchte Ihnen mein herzliches Beileid aussprechen. Einen lieben Menschen durch einen Unfall zu verlieren, sich von ihm nicht verabschieden

können, tut unendlich weh. Er lässt sich die ganzen letzten Tage vom Unfall bis zur Beisetzung in Kroatien berichten. Sie haben keine Schuld Anne, es ist Schicksal, ein Schicksal, dem man nicht ausweichen kann.

Die Meinen in der Heimat sind der Meinung, dass wir ihr das Fahrradfahren hätten verbieten müssen! Dabei war sie doch so glücklich.

Das ist die Hauptsache, dass sie glücklich war, und so behalten sie Ihre Nichte auch in Erinnerung. Beten wir für sie das Vaterunser, schließen auch ihre Eltern ein. Danach segnet er die Familie und verabschiedet sich.

Das hat gutgetan, eine schöne Geste.

Nach dem Wochenende hat sie der Alltag wieder.

Pero ist mit seinem Lkw schon in den frühen Stunden der neuen Woche unterwegs.

Anne bekommt zur Unterstützung ihrer Arbeit in der ambulanten

Krankenpflege eine Praktikantin mit. Diese soll den Umgang mit alten, kranken und einsamen Patienten in ihrer häuslichen Umgebung kennenlernen.

Sie müssen um die 20 Krankenbesuche absolvieren. Zuerst sind die insulinpflichtigen Patienten an der Reihe.

Erst den Blutzuckertest durchführen und dann die vorgeschriebenen Einheiten Insulin injizieren, und dafür Sorge tragen, dass der Patient ein angemessenes Frühstück bekommt.

Des Weiteren müssen sie die Kranken waschen oder duschen, manche auch baden, sofern eine Badewanne vorhanden ist. Auch medizinische Fußbäder und Verbandswechsel sind an diesem Vormittag ihr Programm.

Das würde ich nicht durchstehen, die viele Arbeit und ganz allein, meint die Praktikantin. Dazu noch das Fahren! Ich mache es gerne, sagt Anne, aber für heute ist unsere Arbeit beendet. Wir fahren heimwärts.

Aus den Schulgebäuden an der Ebersbacher Straße stürmen Schüler ins Freie. Kein Zweifel, die Schule ist aus. Jedes Kind will noch rechtzeitig einen Platz im Bus ergattern, ein Kind schwingt sich auf sein Fahrrad und braust, ohne auf die Straße zu achten, davon. Anne drosselt ihr Tempo auf 30 kmh. Die Praktikantin fragt verwundert, warum so langsam? Kinder sind unberechenbar, antwortet Anne. Im selben Augenblick kommt von rechts ein Fahrradfahrer geschossen, dicht am rechten Kotflügel vorbei und biegt ohne eine Anzeige in die Herzog-Albrecht-Allee, ein. Anne schreit auf, Martina! Sie setzt den rechten Blinker und bleibt zitternd stehen. Hinter ihr eine ungeduldige Autoschlange mit lautem Hupen. Einige schütteln beim Vorbeifahren nur den Kopf. Keinem war bewusst, dass ein Unfall, womöglich mit Todesfolge, verhindert wurde.

Anne hat jetzt den Beweis für den Unfall ihrer Nichte. Sie fuhr extra langsam, dagegen braucht ein Lkw länger bis er zum

Stehen kommt. Sein Bremsweg richtet sich nach seiner Geschwindigkeit. Immer, wenn Kinder unterwegs sind, ist Vorsicht geboten. Sie sind leichtsinnig, testen ihre Grenzen aus und denken, dass die Autofahrer schon auf sie achtgeben werden. Pero hat immer gesagt, gebt Acht auf die Kinder, vor allem wenn die Schule aus ist.

In den nächsten Tagen flattert eine Rechnung nach der anderen ins Haus, mitunter auch fünfstellig.
Der Unfallverursacher beklagt sich über den Verlust seines Zwillingsrades am Unfallort und über den Lohnverlust. Der Tod des Mädchens ist für ihn uninteressant, schließlich kann sie seiner Aussage nicht widersprechen. Bei aller Trauer, dem Schmerz und dem Leid kommt sie nie mehr zurück. Was der Tod genommen, gibt er nicht mehr her.

Der Unfallverursacher wird beim Anblick seiner Tochter stets daran erinnert, dass er einem gleichaltrigen Mädchen das Leben genommen hat, zumal war das bereits sein zweiter Unfall dieser Art. Hat er nichts aus der Vergangenheit gelernt? An der Unfallstelle lässt Anne ein Holzkreuz aufstellen als dauerhafte Mahnung an alle Autofahrer. Auch der Unfallverursacher wird daran erinnert, schließlich muss er jeden Tag dort vorbeifahren, mit seinem gelben Lkw mit Anhänger.

In Kroatien ist nichts, wie es war. Der Vater macht sich weiterhin Vorwürfe. Er sitzt am liebsten im abgedunkelten Raum und jammert vor sich hin. Warum habe ich sie gehen lassen, sie wäre noch am Leben. Nein, sagt Anne, als sie wieder zu Besuch gekommen war. Hättest du sie nicht gehen lassen, wäre sie womöglich vor deinen Augen zu Tode gekommen. Was hättest du dann gesagt? Ein alter Pfarrer aus meiner Schulzeit vertrat die Meinung, dass bereits bei unserer Geburt schon der Todestag bestimmt ist, und wir können ihm nicht ausweichen.

Er, der leidenschaftliche Landwirt und Weinbauer ist noch nach Monaten in der Trauer eingeschlossen, ist auch nicht in der Lage, seine Arbeit in der nahen Fabrik für Eisen und Stahl, zu bewältigen. Die Mutter dagegen flüchtet sich in ihre Arbeit. Die Gastwirtschaft, in der sie die Küche leitet, liegt an der Hauptstraße, hat täglich Mittagstisch mit großer Auswahl. Bei der Arbeit versucht sie ein wenig, den brennenden Schmerz in ihrem Herzen zu verdrängen, bis das Schicksal erneut zuschlägt. Mitten in den Vorbereitungen für den Mittagstisch hebt sie einen großen Kochtopf auf den Herd, verspürt einen heftig stechenden Schmerz im Lendenwirbelbereich. Sie kann sich weder regen, noch bewegen. Von der nahen Ambulanz wird ein Arzt gerufen! Diagnose, Bandscheibenvorfall! Was nun?

Ein Hinweis? Bei allem Elend, dem Schmerz und Leid der vergangenen Wochen haben sie fast den Sohn vergessen, der noch viel zu klein ist, um das Ganze überhaupt zu begreifen. Großeltern und Freunde kommen ihnen zu Hilfe. Laut Statistik scheitern um die 80 % aller Ehen nach dem Tod eines Kindes. Es heißt, dass die Zeit alle Wunden heilt, dabei werden Narben vergessen, die bei jeder Erinnerung erneut blutend aufgerissen werden. Jeder trauert auf seine Weise und viele gehen daran zugrunde.

Die Schmerzen in der Wirbelsäule werden immer unerträglicher. Sie kommt auf die Neurochirurgie nach Zagreb, wo sie sogleich operiert wird. Höchste Zeit. Sie hat bereits eine Gangstörung, braucht Unterstützung in allen Richtungen. Die Operation gelingt! Die Schwestern verstehen sich weiterhin gut und helfen einander. So fliegt Anne nach Zagreb, um ihrer Schwester beizustehen.

Auf dem Flughafen wird sie von ihrem Schwager abgeholt, er ist schweigsam, in sich gekehrt. Man sieht ihm die Trauer immer noch an. Mit der Zeit wird sie etwas weniger, aber verlassen wird sie ihn sicher nie.

Die neurochirurgische Klinik ist nicht gerade auf dem neuesten Stand. Die alten weiß lackierten Stahlbetten weisen den Standard der 60er Jahre der westlichen Welt auf. Alles ist sehr sauber, die Betten weiß bezogen und eng aneinander platziert. In einem dieser Betten liegt ihre Schwester. Ihr Gesicht ist blass und schmerzverzerrt. Ihre braunen Augen haben jegliches Strahlen verloren. Sie sind voller Tränen. Als Anne das Krankenzimmer betritt, huscht ein Lächeln über das schmerzverzerrte Gesicht. Mit diesem Besuch hat sie nicht gerechnet. Die Operation ist gut gelungen, die Lähmung ist verschwunden, schau, sagt sie, ich kann meine Beine wieder bewegen und vorsichtig aufstehen. Ich möchte nur endlich

duschen und nach einer Woche meine
Haare waschen. Ja, sagt Anne, ich helfe dir.
Sie bringt ihr auch frische Wäsche mit und
etwas Geld dazu. Viel Zeit hat sie nicht. Sie
muss ihr Flugzeug erreichen. Am Flughafen wird sie bereits ausgerufen. Am späten
Abend ist sie bereits zu Hause und restlos
erledigt.

Ein Elend ohne Ende. Es ist wieder
Herbst geworden und keiner kann
richtig zupacken. Der Sohn ist Martinas Eltern eine große Hilfe. Er muss lernen, um
weiter zu kommen, Hausaufgaben erledigen, die Vokabeln der englischen Sprache
auswendig lernen. Die Mutter ist jetzt we-
nigstens zu Hause, kann sich schlecht regen und bewegen. Sie braucht Hilfe.
Die Depression des Vaters vertreibt jegli-
che Freude, alles ist dunkel um ihn, und
kein Sonnenstrahl, mag er noch so hell
sein, durchbricht den eisernen Panzer seiner Trauer. Medikamente helfen nur be-
dingt.

In dieser gottverlassenen Gegend ist das Leben kein Zuckerschlecken. Es gibt kaum Möglichkeiten, Geld zu verdienen, außer Landwirtschaft zu betreiben. Die Straßen sind schlecht ausgebaut, die Wege weit. Junge Leute wandern ab, versuchen, in der Hauptstadt eine Anstellung zu finden. Die Alten bleiben zurück, leben mehr schlecht als recht. Glücklich, wer Angehörige im Ausland hat.

Der Klimawandel hat auch diese Gegend erreicht. Der Grenzfluss Sotla verlässt nach regenreichen Tagen sein schmales Flussbett und verwandelt sich in einen braunen See, ungeachtet der Stadtgrenze. Fruchtbare Felder und Wiesen werden hüben wie drüben unbrauchbar gemacht.

Das Vieh kann wochenlang vor lauter Schmutz, aber auch wegen der Krankheiten, die sich nach den Überschwemmungen ausbreiten, nicht auf die Weiden. Für den Tierarzt steht kein Geld zur Verfügung. Ein Teil der Ernte verfault auf den nassen Äckern, und wieder war alles umsonst.

Der Fluss zieht sich nach einigen Tagen in sein Bett zurück und fließt weiter in die Richtung von Zagreb, wo er sich mit der Save vereinigt.

Ein wenig Schutz vor Unwettern bietet nur das Gebirge mit seinem riesigen Baumbestand von Eichen, Buchen, Tannen und Fichten. Auch Niederwild ist hier zu Hause, das für manchen Jäger interessant ist. Auch die Flora kommt am Fuße des riesigen Gebirges nicht zu kurz. Wilde Lupinen mit ihren blauen Blüten, verschiedene Nelken, Kräuter wie Schafgarbe, Thymian, aber auch Knabenkraut sind zu finden. Fasane stolzieren in ihrem bunten Federkleid durch die schöne Natur und suchen nach einer reichen Mahlzeit, die aus Würmern und allerlei Samen besteht.

Aber was hilft die schöne Natur, wenn das Herz nur noch Trauer trägt. Die Trauer um einen geliebten Menschen wird mit den Jahren vielleicht weniger, oder sie wird leichter zu ertragen, aber vorbei wird sie nie sein. Das Band der Liebe reißt der Tod nicht aus. Die Erinnerung an den geliebten Menschen verblasst nicht, vielmehr wird jedes gesprochene Wort des Verstorbenen unvergessen bleiben. Wie bei Martina, wenn sie von der Schule kam, und rief, Mama, ich bin wieder da! Vielleicht wird sie eines Tages diese Worte wieder hören, sagt die Mutter, und das noch nach Jahren. Jeder gemeinsame Spaziergang im nahen Wald bei der Suche nach schmackhaften Steinpilzen und Pfifferlingen, und jede Blüte, die sie der Mutter nach Hause brachte, ist immer gegenwärtig in ihrem Herzen.

Aber sie muss auch an den Sohn denken, muss trotz allem stark sein, ihn begleiten und ihm helfen, erwachsen zu werden. Dazu muss sie ihrem Mann eine Stütze sein. Und sie muss Rückenschmerzen aushalten, die zum Glück immer weniger werden. Anne kommt mit Pero weiterhin zu Besuch, auch wenn sie immer nur kurz bleiben können. Sie helfen, wo sie nur können. Und dennoch ist zwischen ihnen eine dünne Mauer entstanden, vielleicht ganz unwissentlich, vielleicht nur zufällig, aber sie ist da, greifbar, ganz nah.

Der Sohn wird erwachsen. Die Schule und Lehre hat er hinter sich gelassen und sich verliebt. Zu seiner Hochzeit wird auch Anne geladen. Pero kann nicht kommen, eine unheilbare Krankheit hält ihn fest in ihren Krallen.

Bei den Feierlichkeiten ist auch der Großvater anwesend, inzwischen ein alter und gebrechlicher Mann. Die Großmutter hat sich bereits von dieser Welt verabschiedet und ist der geliebten Enkelin gefolgt. Anne begleitet ihren Vater, dann nimmt sie neben ihm Platz. Die Brautleute strahlen vor Glück und Freude, die Musiker spielen, kroatische Lieder werden gesungen, alle freuen sich. Nur Anne fühlt sich ohne ihren Pero irgendwie verloren. Des einen Freud, des anderen Leid. Sie denkt an Martina. Wie gerne wäre sie bei ihrer Hochzeit dabei gewesen und hätte mit ihr gefeiert, aber der liebe Gott hat anders entschieden. Oder hat er einen Fehler gemacht? Sicher nicht. Er ist die Liebe und sein Handeln ist für uns oft unbegreiflich und in Todesfällen unendlich schmerzlich. Man will an seiner Liebe zweifeln, doch einmal in seinem Licht, ganz oben, werden wir klarsehen, dass Gott nie einen Fehler macht!

Der Bruchteil von Sekunden hat unermessliches Leid über die Familie gebracht und sie mit ungelösten Fragen beladen, ihre Herzen in einen Trauerkloß verwandelt. Doch heute, bei der Hochzeit ihres Sohnes, scheint die Sonne wieder am blauen wolkenlosen Himmel. Doch tief in ihren Herzen, ganz still und voller Liebe wird ihre Tochter Martina immer einen Platz haben mit dem Wissen, dass Gott nie einen Fehler macht.

Viele Jahre sind inzwischen vergangen und ihre Eltern besuchen ihr Grab immer an ihrem Todestag und schmücken es mit ganz viel Liebe. Sie bleibt unvergessen.

An der Unfallstelle lässt Anne ein Holzkreuz zum Andenken an das Mädchen und ihren sinnlosen Tod aufstellen. Aber auch als Mahnmal an alle Autofahrer. Hier kam ein Kind zu Tode, weil ein Autofahrer es eilig hatte. Jemand sagte einmal, würden unsere Straßenränder mit Holzkreuzen bestückt, würde sich trotzdem niemand um gemäßigte Geschwindigkeit scheren und auf die Kinder Acht geben. Sie haben zwar ihre Schutzengel, brauchen aber dennoch unser aller Schutz und unsere Vorsicht im Straßenverkehr. Oft fahren sie einfach ohne nach rechts oder links zu schauen oder gar den Richtungswechsel anzuzeigen. Vorsicht ist immer geboten!

Anne besuchte als langjährige Hospizmitarbeiterin einige Fortbildungsseminare. Meistens fanden die Seminare in alten Klöstern statt.

Bei einem Seminar wurde folgende Geschichte erzählt:

Ein junger Prinz sitzt eines Abends in seinem spartanisch eingerichteten Büro an seinem braunen alten Schreibtisch. Er blättert in den Dokumenten seines verstorbenen Vaters, der die Familie überraschend verlassen hatte. Er, sein geliebter Sohn und Erbe eines Vermögens hat vor Kurzem sein BWL-Studium abgeschlossen und er soll nun das Ganze übernehmen.

Alle Angestellten sind gegangen. Alle Türen sind abgeschlossen. Plötzlich steht vor ihm ein kleines Männlein, ganz in Schwarz und mit einer Kapuze auf dem Kopf und sagt, in drei Tagen bist du mein! Der Prinz fragt stotternd: Wer bist du, dass du durch verschlossene Türen kommst? Ich bin der Tod und in drei Tagen bist du mein! Dann war er verschwunden.

Der Prinz kann nicht einmal klar denken. Tausend Gedanken kreisen in seinem Kopf. Ich bin noch so jung, habe gerade mein Studium abgeschlossen und von dieser schönen Welt noch nichts gesehen. Jetzt will mich der Sensenmann schon holen. Aber nicht mit mir! ruft er laut aus, packt seinen grünen Wanderrucksack, steckt eine karge Brotzeit ein, dazu noch die alten Wanderschuhe aus der Studienzeit und eine wetterfeste Weste. Er möchte nur noch ein paar Stunden schlafen und dann ab in die Berge, dort denkt er, wird der Tod ihn nicht finden.

Jedoch, an Schlafen ist nicht zu denken, so aufgewühlt wie er ist und dazu dann noch die Angst im Nacken.

Die Nacht ist gegangen, der neue helle Tag ist nicht mehr fern. Er setzt sich in sein klappriges altes Auto, seine Sachen sind bereits im Kofferraum verstaut und er fährt in die Berge, wo er einst mit seinem Vater wanderte. Er parkt sein Auto wie gewohnt, zieht seine Wanderschuhe an und begibt sich auf den Wanderpfad.

Das Männlein aber erwartet ihn bereits und sagt nur: In zwei Tagen bist du mein! Er lässt sich nicht aus der Ruhe bringen, aber seine Wanderung kann er nicht mehr genießen. Er muss fortan immer an das Männlein denken. Ich habe noch zwei Tage, sagt er zu sich und denkt an nichts anderes als eine erneute Möglichkeit zu finden, um das Männlein zu überlisten. Dann fällt ihm ein, dass in der Nachbargemeinde ein großes Fest stattfinden soll. Ja, dahin will ich gehen und mich unter die Menschen mischen, so wird mich das Männlein nicht finden. Weit gefehlt. Eine große Menschenmenge schlendert durch die geschmückte Hauptstraße. Es ist herrliches Wetter. Alle sind in bester Laune, und auch der Prinz fühlt sich unter ihnen sicher, bis sie an einem Fachwerkhaus ankommen. Oh Schreck, da sitzt das Männlein an der oberen Hausstufe und ruft ihm zu: Du hast noch einen Tag, dann bist du mein. Niemand außer ihm hört diese Worte, es kann auch keine Verwechslung sein, sie gelten ihm allein.

Jetzt wird es eng und ernst um ihn. So ordnet er abends alle möglichen Dokumente, verstaut sie in einer schwarzen Mappe und legt alles fein säuberlich in die obere Schublade. Dass er nur noch einen Tag zu leben hat, teilt er niemanden mit. Wozu auch sollte er noch die Familie belasten, denkt er bei sich, vielleicht vergisst ihn das Männlein oder er kann ihn morgen beim Pferderennen überlisten.

Am dritten Tag sattelt er sein Pferd, einen Lipizzaner, und reitet gemächlich in die Stadt. Es wird ein schöner Tag werden, denkt er. Einige Reiter gesellen sich zu ihm mit ihren fein geschmückten Pferden. Dazu spielt auch noch das Wetter mit, nicht zu heiß und nicht schwül. Auch Petrus lässt heute die Regenschleusen geschlossen. Alle reiten in Richtung Startbahn, bis auf einmal ein schwarzer Wallach sich neben ihn gesellt und eine unsichtbare Hand seine Taille umfasst, und mit ihm auf dem schwarzen Pferd davonbraust in das unbekannte Land. Sein Lipizzaner kommt ohne seinen Reiter zur Startbahn.

Was sagt uns diese Geschichte? Wer bist du, Tod?

Du kommst auf leisen Sohlen, manchmal mitten in der Nacht, und handelst auf Befehl des Höchsten, lässt Schmerz und Leid zurück. Kein Lebender kann dir ausweichen, was du genommen, bringst du nicht zurück.

Der Abschied schmerzt, die Tränen fließen und niemand kann sie trocknen.

In Exodus 23,20 f. ist zu lesen:

„Ich werde einen Engel schicken, der dir vorausgeht.

Er soll dich beschützen und dich an den Ort bringen,den ich bestimmt habe.

Achte auf ihn

Und hör auf seine Stimme."

Martina, mein Engel, flieg über das Sattelbachtal, hinüber zum Adlergebirge, hinauf zum Himmel, zu deinem Gott, der dich beim Namen ruft, Du bist mein, komm heim!